P9-DWO-058

Jamais je ne t'oublierai

Pour Sarah Gillis, d'Antigonish (Nouvelle-Écosse)
— *R.M.*

Pour mon mari, Chris, avec tout mon amour et ma gratitude pour son soutien.
Merci aussi à mes modèles, Juliana et Pat.
— *J.W.*

Les illustrations de ce livre ont été réalisées à l'huile sur toile.

La conception graphique de ce livre a été faite
en QuarkXPress, en caractère Goudy Old Style de 15 points.

Catalogage avant publication de la Bibliothèque nationale du Canada

Munsch, Robert N., 1945-
[Lighthouse. Français]
Jamais je ne t'oublierai / Robert Munsch ; illustrations de Janet Wilson ;
texte français de Christiane Duchesne.

Traduction de: Lighthouse : a story of remembrance.
Pour enfants.
ISBN 0-439-97471-2 (rel.).

I. Wilson, Janet, 1952- II. Duchesne, Christiane, 1949- III. Titre.
IV. Title: Lighthouse. Français.

PS8576.U575L5314 2003   jC813'.54   C2003-900609-3
PZ23.M86Ja 2003

Édition publiée par Les éditions Scholastic, 175 Hillmount Road,
Markham (Ontario) L6C 1Z7 CANADA.

6 5 4 3 2 1   Imprimé au Canada   03 04 05 06

Robert Munsch

Jamais je ne t'oublierai

Illustrations de
Janet Wilson

Texte français de Christiane Duchesne

Les éditions Scholastic

Au beau milieu de la nuit, Sarah s'éveille, pique une fleur dans ses cheveux et entre dans la chambre de ses parents. Elle s'assoit du côté où dort son père et reste un moment sans bouger. Son père s'éveille enfin.

— Qu'est-ce qui se passe, Sarah? C'est la nuit...

— Tu m'as toujours dit que grand-papa avait l'habitude de t'emmener au phare en pleine nuit. Nous sommes en pleine nuit, et c'est cette nuit que j'aimerais que tu m'y emmènes.

Le père de Sarah demeure immobile un long moment.

— Ça va, dit-il finalement. Allons-y.

Ils s'habillent, sortent sans bruit et montent dans
la voiture.

Il n'y a personne d'autre
aux alentours, pas une seule
voiture. Les lampadaires
jettent une lumière diffuse
dans la brume de mer.

— Lorsque grand-papa
m'emmenait au phare, il n'y
avait pas de lampadaires et
il n'y avait pas non plus de
beigneries ouvertes en pleine
nuit, dit le père de Sarah.

— Mais s'il y avait eu une
beignerie, il s'y serait arrêté,
dit Sarah.

— Ça, c'est sûr, dit son
père.

Ils s'arrêtent donc à une beignerie et achètent un sac de beignes à l'érable et du café. Ils sont les seuls clients.

— Quand j'étais petit, dit le père de Sarah, grand-papa me donnait du café et je trouvais cela horrible.

Ils prennent une gorgée de café pour grand-papa. Le café du père de Sarah a bon goût, celui de Sarah est horrible.

Ils sortent de la ville et roulent jusqu'à la route qui mène au phare.

— Grand-papa a toujours dit qu'il fallait monter à pied jusqu'au phare, dit le père de Sarah.

— D'accord, dit Sarah.

Ils garent la voiture et, dans le brouillard opaque, marchent ensemble vers le phare.

Ils s'assoient au bord de la
falaise qui domine la plage et
écoutent les vagues fouetter
les rochers. Sarah mange
les beignes et son père boit
encore un peu de café.

— Lorsque grand-papa m'emmenait avec lui, dit le
père de Sarah, nous n'avons jamais réussi à monter
jusqu'en haut du phare. Chaque fois, nous tentions
d'ouvrir la porte, mais elle était toujours fermée à clé.

— Je vais essayer, dit Sarah.

Elle va jusqu'à la porte et tourne la poignée. La porte
s'ouvre. Sarah et son père restent là à regarder l'entrée.

— Qu'est-ce qu'on fait? dit Sarah.

— Grand-papa serait monté, dit le père de Sarah.

— Alors, montons! dit Sarah.

Ils montent l'escalier où s'engouffre le vent, gravissent
les marches qui tournent, tournent, et tournent encore.
Ils parviennent enfin à la lanterne.

— Je peux voir à l'infini,
dit Sarah. Est-ce que grand-
papa peut me voir?

— Je ne sais pas, dit son
père.

— Est-ce que grand-papa
peut m'entendre? demande
Sarah. GRAND-PAPA!
crie-t-elle très fort.

Ils attendent un long moment.

— Il ne répondra pas, dit le père de Sarah.

Ils restent là encore un
long moment, à écouter la
corne de brume et à regarder
le brouillard sur la mer.
Puis Sarah retire la fleur
de ses cheveux, celle qu'elle
a conservée depuis les
funérailles de son grand-père,
et elle la lance dans l'océan.

— Quand je serai grande, j'aurai un enfant et
je l'emmènerai ici au milieu de la nuit, dit Sarah.
— Bonne idée, dit son père.

Alors, tout trempés de brume et sentant le varech,
ils rentrent à la maison et retournent se coucher.